所谓诗化人生，便是行走于大地苍茫，
睁开眼睛，看见俗世更看见星辰；
竖起耳朵，听见歌哭也听见天籁，
路过一个梦想，飞越高峰低谷；
邂逅在卑微尘埃中的高贵花朵。

零露蔓草

傅蓉蓉◎著

中国文联出版社
http://www.clapnet.cn

图书在版编目（CIP）数据

零露蔓草 / 傅蓉蓉著．-- 北京：中国文联出版社，2018.2

ISBN 978-7-5190-3481-8

Ⅰ．①零…　Ⅱ．①傅…　Ⅲ．①古体诗—诗集—中国—当代　Ⅳ．①I227

中国版本图书馆 CIP 数据核字（2018）第 040759 号

零露蔓草（LINGLU MANCAO）

作　　者：傅蓉蓉

出 版 人：朱　庆

终 审 人：奚耀华　　复 审 人：蒋爱民

责任编辑：胡　笋　　责任校对：傅泉泽

封面设计：中联华文　　责任印制：陈　晨

出版发行：中国文联出版社

地　　址：北京市朝阳区农展馆南里 10 号，100125

电　　话：010-85923039（咨询）85923000（编务）85923020（邮购）

传　　真：010-85923000（总编室），010-85923020（发行部）

网　　址：http：//www.clapnet.cn　　http：//www.claplus.cn

E - mail：clap@clapnet.cn　　hus@clapnet.cn

印　　刷：三河市华东印刷有限公司

装　　订：三河市华东印刷有限公司

法律顾问：北京天驰君泰律师事务所徐波律师

本书如有破损、缺页、装订错误，请与本社联系调换

开　　本：710×1000　　1/16

字　　数：180 千字　　印　张：13

版　　次：2018 年 2 月第 1 版　　印　次：2018 年 2 月第 1 次印刷

书　　号：ISBN 978-7-5190-3481-8

定　　价：48.00 元

序

诗意倔强 /

少年时我最不喜欢杜甫诗，总嫌太苍老，太厚实，太过直面人生。

在我心里，诗应当是空灵飘逸，或者妩媚委婉，又或者奇思壮彩的，

因而，于唐人我倾慕王维，李商隐，李白，也喜欢王勃的才，杜牧的锐，李贺的诡。

我徜徉在崎岖的蜀道，听着林间琴，怀念着月下春江的潮起潮落；

我留醉于秦淮，等着似有若无的灵犀一点，如花火瞬间绚烂，而后是碧落是黄泉，

不管不管……点一盏茶，焚一炉香，日升月落的日子，老杜是我不需要的熟人，

最好躲得很远。因为，我知道，懂了，便老了……

然而，终于，在一个冬雨凄迷的夜，我翻出了落满尘埃的杜诗。

那一刻，无端生出一种感觉，仿佛自己成了一只流浪的老犬，只想找个地方藏起来，舔舔伤口。

不是因为孤独，“孤独”并不太糟糕，因为至少，你还有个空间，可以自省与自觉。

恰如一部叫做《地心引力》的电影所呈现的，在绝对的静谧与无边的辽远中，

生，固可喜，死，亦不悲。你拥有了完整的自己。

最清醒的疼痛是你发现自己已经失去了孤独的自由和能力，

习惯带着深深嵌入血肉的镣铐在世人的嬉笑中翩翩起舞，失血的伤口变得苍白。

这个时候，大约能够给予救赎的，除了宗教，便只有诗歌了。

尤其，是那些在起伏跌宕里倔强生长的诗歌。

坚韧的诗性，存在的大抵意义在于实现个体生命的圆融与通达：

以诗意化解苦难，在卑微与绝望中得到救赎。

诗从来不是锦上添花的装饰，它最大的功用便是承载苦痛，

超越自然生命所遭遇的种种障碍，向深渊的生命布施悲悯。

以诗情看待自然，获取心灵的自然与圆满。

诗帮助人们看山看水，观叶观花，于自然物象之外体悟大化流行之真义，

以郁勃的生机丰盈生命体验。以诗兴接洽友朋，寻求微茫尘世中互通的灵犀。

“嘤嘤其鸣，求其友声”，在悠远的世路，比起踽踽独行，

我们更渴望获得另外一个生命的尊重理解与认同，烛照性灵。

那么，好吧，我也试着剪一段诗的影子，纪念“浮生如寄”。

诗集目录

序：诗意倔强

壹 物候节序

贰 河山行色

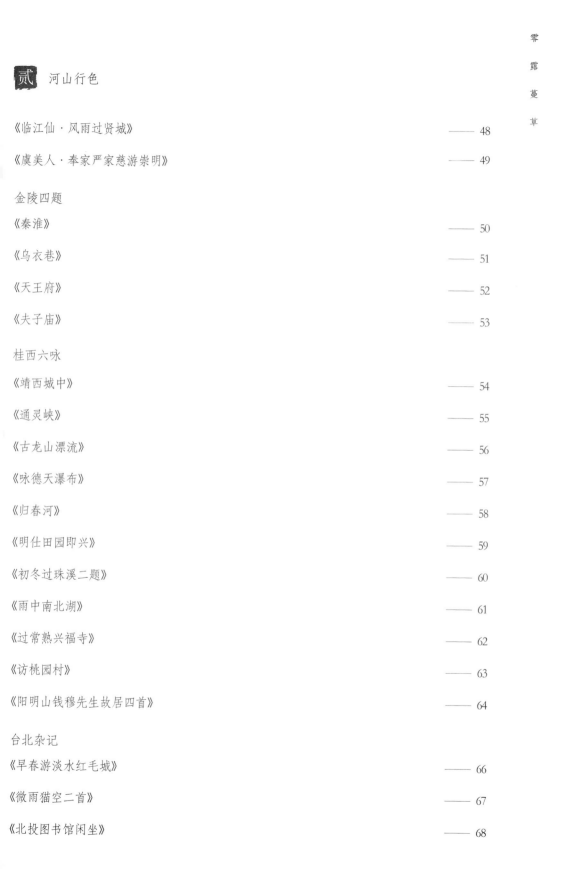

叁 闲情别调

妆台杂题

肆 书生意气

伍 新声初啼

物候节序

/

物候节序

《八声甘州·上元》

/

对琼台百尺，倚阑干，千灯伴清游。
漫东风暗卷，梅梢柳间，良夜淹留。
此夕山河望断，往事总沉浮，光转影回处
月曙星眸。

记得来时携手，有小窗幽竹，画栋朱楼。
试萍踪重到，辜负几春秋。
凭谁念，沧波万里，片鳞归，不系磻溪钩。
君休问，万家烟火，几许闲愁。

物候節序

《浣溪沙·丁酉上元》／

光转玉壶露脚飞，秦筝声远暮云微，酒酣频唱阮郎归。

落拓河山无限路，斑斓世事锦灰堆，隔年惟友小窗梅。

候序物節

《阮郎归·上巳》

/

东君何事苦阴晴，鸥波碧水平。
淡烟零雨渺空暝，隔帘语树莺。
人归后，故山青。杜梨照眼明。
朱颜欲共舞扇轻，长干载酒行。

物候
節序

物候節序

《竹马儿·清明》/

共谁记，东风烟波细柳，联袂曾挽。
正千帆远影，沧海明月，楼高闲看。
独笑纷扰流年，云蝉鬓黯，杏梅悄换。
藤纸旧红残，拟簪花偏滞，相思书懒。
世事终何似，萍踪蝶迹，絮飞鸢散。
阑珊梦萦河汉，小字无声偷唤。
寂寞不着秋千，杂花零落，金井生苍藓。
谁家笛管，学吟声声慢。/

《田家清明》

/

新水分平浦，林莺趁早晴。
陂田催黍稻，野树间繁英。
焙茗调村火，山炊饷力耕。
江南苞笋好，将以遗离情。

物候節序

《重午》

/

雨霁端阳梅子黄，满城争说艾蒲香。
江南归去偏宜早，一树榴花出短墙。

注：江南旧俗，是日当食五黄以避邪祟，
门悬菖蒲，腕系五色缕。
今人唯知啖角黍耳。一笑。

《鹧鸪天·丁酉端午》

/

香腻芳兰百索柔，裹蒸烟里月如钩。
莺喉慢啭促榴锦，箫鼓频催碧蚁浮。
怅梁甫，慕清游。湘灵依约话绸缪。
中流击楫沧溟阔，一夜鱼龙海上头。

《朝中措·端午感怀》

/

潇湘云水怅骊歌，世事半沉疴。
楚语凭谁犹记，龙蛇万顷沧波。
佳人瑶瑟，年来底事，对景消磨。
剩有平戎袖手，东篱看取庭柯。

物候節序

《浣溪沙·端阳》

/

彩线纷纭琐药囊，素栀微染扫眉妆，赌茶消得满庭芳。
沧浪三千年中事，江村十里裹蒸香，当时涕泪总寻常。

《浣溪沙·七夕》

/

冷月如霜湿柳梢，藤花影乱拜深宵，流萤飞去逐轻绡。
岁岁天孙新样巧，年年乌鹊旧虹桥。长歌惟剩恨迢迢。

物候
節序

《中元口占》

/

中元逐夜凉，明月振高冈。落帽亲鱼鸟，披襟带佛香。
长街犹舞马，松岭起徊徨。何处呜咽里，钟声满大荒。

《卜算子·丙申中秋，时台风莫兰蒂过境申城，风雨如晦》

/

清晖何处寻，暮雨正绵邈。尺素空题无由寄，云树孤鸿杳。
灯火黯楼台，极目烟波渺。料得姮娥应索寞，野旷天香早。

物候
節序

《乙未秋夕》

/

琵琶轻拢醉中弹，如霰天香生晓寒。
无赖相思无从寄，月明几度隔帘看。

注：夜阑忽闻琵琶语，久听似有若无，时满庭桂子，
沁香可嚼，口占一绝，聊以抒怀。

物候節序

《促拍满路花·丙申除夕杂感》

金井生藜藿，万壑星初落。
催东风玉树，趁烟邈。
正千户弦歌，谈笑飞琼爵。
颠倒争梅萼。
着意爱繁华，谁顾头童形削。

眼底事，无端萧索，已识今非昨。
又从来，怕觑天机错。
寄沧浪舟浮，启竹梢新箨。
百计犹廖寞。
触手寒温，且郑重，鸢鸥然诺。

《减字木兰花·乙未除夕》

/

歌檀拍懒，燕语琵琶明似剪。永夜更迟，犹待东风第一枝。
流光暗换，不信疏狂云鬓乱。篱落樽前，此夕河山醉中看。

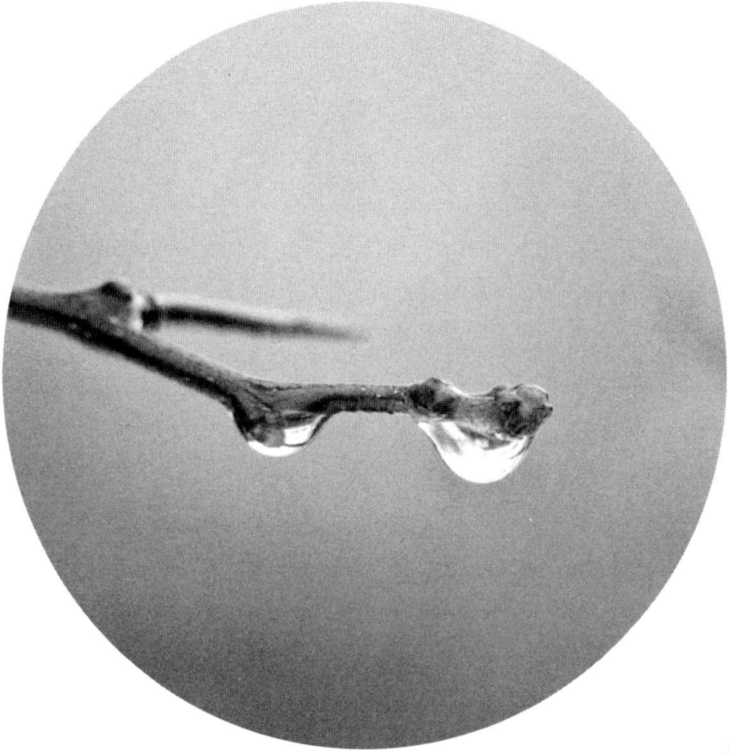

《点绛唇.丁酉立春》

/

澹荡从容，快晴乍觉青帘重。
临风弦动，爱作猗兰诵。
为问韶华，底事真如梦。
暂相送，两分烟笼，留与梅花共。

候序物節

《雨水》

/

画桥短楫小乌篷，拂面春寒倦晓风。
一霎轻阴初作雨，燕泥鱼喋总相逢。

《虞美人·惊蛰》

/

初遮轻荫黄昏雨，芸牕听鹂语。
微熏偏肯嫁东风，深浅半开桃李，总相逢。
暮云隐处催箫鼓，检点羣芳谱。
绝怜春草韧如丝，缱绻几番离绪，两心知。

《千秋岁 · 丁酉惊蛰》

寻芳踏晓，陌上青青草，柳轻俏，梅初老。
封姨频善妒，燕姊窥年少。
波淼淼，舟摇江上青山小。

隐隐雷车杳，脉脉浮烟袅。
苔米饱，虫声眇。检收新砚墨，指点清吟稿。
相思处，春衫诗酒须宜早。

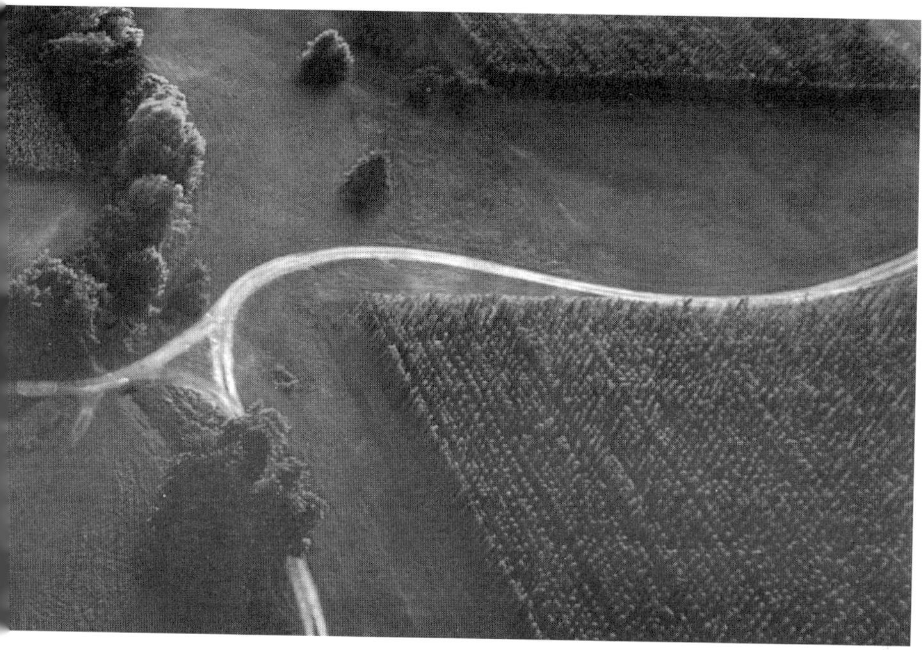

《浪淘沙·丁酉春分前三日，陌上花开》

/

桃李嫁匆匆，十面春工。垂杨拂槛倚晴风。
如黛远山描不得，著意葱茏。
脉脉与谁同，宛转楼东。此身长笑作飘蓬。
似有青莺堪解意，滴沥帘栊。

《试题春分》

/

晴水分烟柳，阳春动薄曛。
倚阑听涧鸟，拂槛见苔纹。
新火酤村酒，山樱照野云。
思君高阁上，清啸独堪闻。

《卜算子 · 清明无雨》
/
妆粉偏妖娇，风软莺声俏。
恰是芳菲锦时节，醉唱《江南好》。
检点旧书囊，俯拾闲花草。
青帝遥怜诗肩冷，日暖欹乌帽。

物候節序

物候節序

《江城子·丁酉谷雨戏效石林体》／

絮飞狼藉卷空濛，小山重，碧涵空。
是处茗烟，袅袅郁青葱。
惯看旧家双燕子，栖岸柳，剪东风。
伤春未许杜鹃同，勒铭功，付萍蓬。
拗哑渔樵，罢唱大江东。
幸得三分闲意趣，嬉百草，写残红。

物候节序

《临江仙 · 丁酉立夏》

依旧东君宜嗔面，翩然暗转韶华。
新蝉初试向谁家？怯吟三两句，催换石榴花。
无赖最喜村童子，麦蚕争食喧哗。
故人著意访桑麻，幽凉生北户，无语煮新茶。

《立夏》

/

鹭啸蛙鸣转物华，茅檐篱落见桑麻。
茶蘼已看三春了，丹若犹开第一花。
童子嘻嘻争焐蛋，故人切切劝新茶。
江南孟夏关情处，青杏枝头日色斜。

物候
節序

候序
物節

《江南春·小满》／

田水碧，小山盈。
新蝉声渐噪，丹若晌晴明。
青梅半熟鸡雏老，并看荼蘼别有情。

候序物節

《小满》

/

小园红落处，桐荫渐长时。
越雉嬉丘野，仓庚立柘枝。
穑夫莳稻麦，蚕妇卷新丝。
酒熟宜同醉，鸣瓯助好诗。

《临江仙·芒种》

/

新酸贝齿梅渍软，菱讴隔水初听。
连番稷麦喜丰盈，晓茶烟尚绿，微雨酒初青。
狼藉群芳劳瘁后，垂杨偏逞娉婷。
伯劳几度唤新晴，松烟惜半老，濡染旧升平。

物候節序

《如梦令·丁酉夏至》

/

碎踏溪山清晓，微雨林梢幽渺。
何物解相思，新酒梅盘草草。
恰好，恰好，怜取江南风调。

物候節序

《夏至口号》

庭柯蝉噪暮云蒸，昼晷偏惊岁月增。
留得梅黄三更雨，芸窗长伴读书灯。

物候節序

《小暑》

闲坐西窗下，空堂自在凉。
蝉新桐荫老，莲小蒂生香。
梦引青奴子，神安般若汤。
故人云外信，相思寄淮扬。

《大暑》

/

溽暑侵长日，清荷映碧空。
啁啾莺语乱，嘈切蝘声通。
把盏怀冰雪，摹经辨鸟虫。
柴扉人不到，襟袖自当风。

物候節序

《丙申处暑，避尘杂感》

/

山近人遥草木芳，一庭秋雨晚生凉。

西窗棋局犹禅课，合老余年旧水乡。

物候節序

《白露》

/

冷露秋声湿桂花，乡心岁岁老天涯。
欲题蕉叶寻不得，点检相思自煮茶。

物候
節序

《浣溪沙·丙申立秋，时客爱丁堡》

/

微雨渐侵蝉语消，薄寒重染旧征袍，一年光景半磨销。

忘却浮名身似客，天涯惟恨邵田萧。人间清味是逍遥。

物候節序

物候節序

《秋分口占》

世事年来一局棋，计缁捉素总迷离。
何如颠倒西窗下，醉里持螯唱旧词。

物候節序

《点绛唇· 寒露》

/

懒叠罗衾，正朝暮雨横风骤。
缁衣新皱，渍酒痕知否？
砧杵悠悠，尽玉壶更漏。
钓诗叟，料应消瘦，千岭人归后。

《临江仙·霜降》

/

桂华初落清霜后，谁家砧杵悠悠？如眉新月蹙新愁，迅风吹未散，先逐大江流。琴台百尺偏袖手，逃禅宜共沙鸥。关山万里且凝眸，金声木叶老，雁过洞庭秋。

物候節序

《口占丙申立冬》

/

瑟瑟莲塘半萎枯，霜天雁影久模糊。
庭前幸有黄花在，不负秋声入画图。

《浣溪沙·小雪》

/

晓色绿窗初醉天，木绵偏著惹轻寒，琵琶几处动归弦。
山海十年蓝缕路，应须心字早成烟，一樽还酹冷香前。

物候節序

《采桑子·大雪感怀》

/

玉沙万里江南岸，画角声闲。是处流连，断续寒香隔野烟。
青衫谁道飘零惯，怯近中年。问舍求田，辜负当时志圣贤。

物候
節序

《丙申冬至，雾霾蔽日，俗务萦身，徒为咏叹》

/

阴伏阳升长至夜，紫烟黄气失遥岑。浮圆乍熟桑榆黯，村醸初尝霰雪侵。
琴挑阳关思远道，笛飞江左啭清音。五湖漫道风波恶，珍重围炉一片心。

《江城子·丙申小寒兼逢腊八，一岁将尽，百事无成，感慨系之》/

人间颠倒白螺杯，雨霏霏，晓寒垂。
缱绻愁肠，百结信为谁？
欲共村醪轻一醉，吴山远，笛声微。
飞鸿何似踏春泥？大风辞，渺难期。
逝水潇湘，烟逐暮云归。
落拓青衫惟记念，应来伴，陇头梅。

候序物節

雾露蔓草

物候節序

《丙申大寒口占》

/

云凛千寻叩玉关，乡心犹共月眉弯。
枕书半夜听萧瑟，推牖平明雪满山。

河山行色

零露蔓草

《临江仙·风雨过贤城》/

烟柳才芽萦桂棹，几番暮雨潇潇。
子规重过旧虹桥，一声幽咽里，春水恨迢迢。
报到风雷沧溟阔，偏摧秾李夭桃。
诗心待写惜花谣，无端歌哭起，清泪满青袍。

《虞美人·奉家严家慈游崇明》

/

轻阴数点梨花雨，呖呖莺声语。
白头犹涉浅沙溪，相看茅檐篱落，总依依。
谁家玉笛深宵半，度曲声声慢。
引朋呼酒饮中流，斜月蓼花开处，满汀洲。

《秦淮》

/

腻水涨波涩不流，依稀画舸枕樊楼。
兴亡细数寻常事，辜负骚人今古愁。

金陵四题

《乌衣巷》／

野叟棋枰静不哗，敲门谁问旧人家。

流离燕子春何处，管领斜阳栀子花。

金陵四题

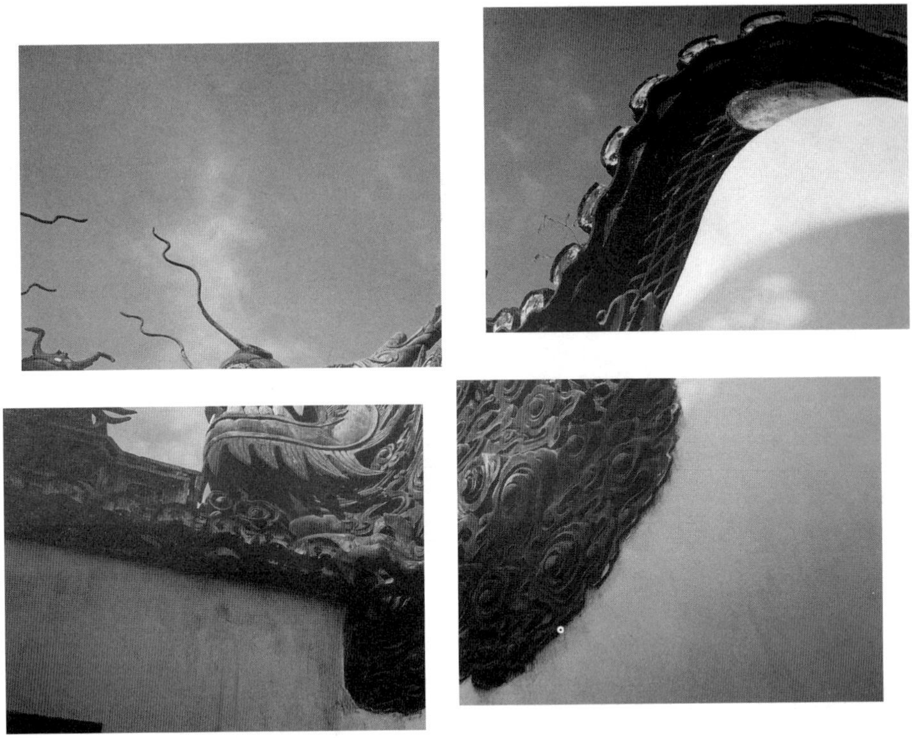

《天王府》

/

豪雄叱咤起蛮荒，直取金陵作帝乡。
须料烟消云散后，随人恣意话行藏。

《夫子庙》

/

天下文枢久自持，盛名岂羡帝王祠。
行人欲问先贤事，且赋呼卢买醉诗。

金陵四题

/

《靖西城中》

四围暮色隐边城，歧路青山云乱生。
秦帝开疆三万里，空余断碣勒功名。

注：靖西，桂西小城也，近交趾，地偏远而景佳秀。
始皇三十三年，屠睢平岭南，置桂林，南海，
象三郡，此地为象郡治下。

桂西六咏

通灵峡》

通灵瀑茂林幽，溪雨春江自在流，
母瑶台休更觅，归来采葛岭西头。

桂西
六咏

峡在靖西城东约60里，
念八峡、古劳峡等组成，奇瀑飞流，深谷幽洞，
为广西药用植物园靖西分园所在地。

《古龙山漂流》

/

丹青人在画图中，两岸江山总不同。
急浪险滩宜稳坐，前途莫向问穷通。

桂西六咏

《咏德天瀑布》／

雷霆千顷九霄来，万象鲸吞幻境开，

行到河山奇崛地，人间始信胜蓬莱。

《归春河》

/

远山近水涤尘心，嘉树繁花惜寸阴。
三十年来家国事，归春河上子规吟。

注：靖西，桂西小城也，近交趾，地偏远而景佳秀。始皇三十三年，屠睢平岭南，置桂林，南海，象三郡，此地为象郡治下。

桂西六咏

《明仕田园即兴》

/

归去荷锄笑语哗，相逢酏醴话生涯。
砚田何似山田好，半供桑麻半种花。

桂西六咏

《初冬过珠溪二题》

/

其一

蓬山迢递隔千重，远寺萧萧寄落红。
月白霜寒西岭夜，离人犹话旧江东。

其二

云横山隐野人家，调火亲烹玉露茶。
头白相看无一语，闲听冷月湿蒹葭。

《雨中南北湖》

/

四顾湖山风雨中，烟岚水色总相逢。
青衫愧我畸零客，南北途歧类转蓬。

山色
河行

《过常熟兴福寺》

/

林暗花深曲径幽，烟萝高阁琐清愁。
西风几度江南岸，梵唱依稀似旧游。

《访桃园村》

/

甲子悠悠日月昏，白头犹忆小蓬门。
殷勤惟谢双溪水，拂柳分花识旧村。

注：侍慈姑重寻故里，时离乡六十年矣。

河山行色

《阳明山钱穆先生故居四首》

/

其一

素书楼畔落花红，微雨山前曲径通。
寂寞春深人独立，无边心事不言中。

注：宾四先生结庐阳明山，名“素书楼”，授业不辍，笔耕不辍。

其二

诗书万卷足遨游，修史谈经第一流。
七十年来辛苦事，只传薪火不封侯。

其三／

等身著作通今古，才子江南旧有名。
寥落生涯归去后，五湖烟水认前生。

注：先生仙逝后二年，归葬太湖之滨。

其四／

史笔画笺两相酬，小楼独占未知秋。
鸳鸯老去精神在，不负人间羡白头。

注：钱夫人胡女史善画，有所作，先生为之题记

《早春游淡水红毛城》

/

翦翦寒花翦翦风，朱城碧草映艨艟。
淡江剩水三千尺，始信繁华旧梦中。

《微雨猫空二首》

/

其一

灵雨空山别样幽，乱云随处映清流。
野茶新火黄昏后，自在尘心沧浪游。

/

其二

护得烟云好采茶，远山先著早樱花。
听风楼上寒不胜，半卷残书事有涯。

台北雜記

《北投图书馆闲坐》

/

花落闲听读旧书，山中岁月已模糊。
东风问到春消息，草色映阶近看无。

台北雜記

新竹二首

《张学良将军幽禁所》

/

清江一曲枕山流，云树烟岚不胜愁。
六十年来伤往事，英雄无泪已苍头。

《三毛故居偶感》

/

青山深处是侬家，泪尽天涯一捧沙。
满纸残红谁惜得，凭栏独看碧桃花。

杭城二首

《深秋品茗郭庄》

蓬转光阴旧梦空，湖山四面总相逢。
深红浅碧伤零落，赋得秋声一缶中。

《楼外楼》

书生愤世竟何有，俗句争传楼外楼。
无限伤心成底事，依然醉饱是封侯。

《姑苏忆》

/

漫话姑苏日，相思渺际涯。
琴台悲落木，水殿赋闲花。
联句江南驿，耽茶处士家。
酒阑宜共梦，漱玉枕流霞。

《过朱家角》

/

万顷湖光隐旧垣，千家黛瓦接高轩。
天低旷野沙鸥落，烟阔平畴白鹭翻。
列市珠玑青眼尽，盈门罗绮素言繁。
桐花十里江南驿，田叟清谈且负暄。

注：朱家角，淀山湖西旧镇者也。宋元时为集镇，名朱家村。
明万历间，商事繁盛，棉麻珠玑，
稻粱渔获山堆海积，遂更名珠街阁，又称珠溪。
俗名角里，俨然江南名镇矣。

杭城二首

《重过扬州》

/

叠水遥山竹树幽，江村萧寺动闲愁。
青衫浊酒诗中字，锦瑟丝弦燕子楼。
九万里风鹏正举，三千年事恨难休。
烟波明月垂杨岸，重过依稀似壮游。

《丁酉孟春帝都偶感》

/

萧瑟碧梧重九曲，隔年犹看帝城春。
早莺争树啼暄暖，新月窥帘辨幻真。
翰海词林夸鲁颂，画轩朱阙奉青神。
平生最薄潘金谷，舞蹈腰肢拜陌尘。

杭城二首

《冬初重过帝城因赋》

/

心事微茫未有涯，缁衣谁令客京华？
初妆细雪长门柳，不堕轻霜上苑花。
朱阙几家听鼓角，玉扃随处锁烟霞。
野翁争座闲棋罢，黄霭彤云点暮鸦。

杭城
二首

《雪霁游陶然亭》

/

江湖载酒野生涯，醉醒残年忆物华。
霁雪新晴桐影乱，湖山佳处日车斜。
梵音零落穿蝴蝶，铁剑霜寒映腊花。
重过我为情忏客，前生辜负孟婆茶。

注：余少时，偶得评梅女史旧稿，颇喜其辞章清丽，
情致婉转，兼伤其人深于情而寿不永，颇愿以一掬清泪祭献女史墓前。
及长，读野史，遂知清季民初，此间往来儿女英雄，见惯白云苍狗，园中尚有无名氏墓，
志曰：茫茫愁，浩浩劫，短歌终，明月缺，郁郁佳城，
中有碧血，是耶非耶，化为蝴蝶。因其情深辞婉，过目成诵。
越十年，余为搜集论文资料，冒雪冲寒，北来帝城，初识“陶然”，
名园寂寂，独行踽踽，长歌当哭耳。再十年，
时在初冬，黯然重过，亭犹如此，
而云鬟雾鬓，不复当时情肠，喟然一叹。

杭城二首

《再客帝里》

黄霭彤云一望收，帝城春老动闲愁。
锦宫烟冷雕梁黯，画殿风凉曲径幽。
题句惟怜萧寺远，读书只剩稻粱谋。
垂杨不解尘沙苦，犹系行人舴艋舟。

注：年来常客帝里，俗务繁巨，访书访友访学皆所不能。
名缰利锁中，冠盖云集时，惟念萤窗写经之乐。

杭城二首

《重过香江》

三千里外意迟迟，烟水香江忆所知。
维港课舡繁盛处，狮山风雨覆翻时。
故人忍看凋零尽，乔木重生恋旧枝。
信是熙熙天北燕，楼台灯火筑迷思。

香江紀行

《访屏山上璋围坑头村邓氏宗祠》

/

曲曲屏山径，逶迤自在行。
苔痕生钓渚，野鸟觑空明。
余事唯修史，忧生尚力耕。
斗垣光世泽，千载有余情。

注：邓氏，自北宋年间迁来屏山，已历千载。

子孙蕃息，耕读传家，自明中叶以来代有英杰，光大门楣。

六百年间，宗祠，风水塔（聚星楼者也）修缮不绝，允为大观。

香江纪行

《愉景湾》

/

山海连遥廓，烟云未可留。
浮礁藏落日，星野寄鸢鸥。
风静孤帆远，天南客恨休。
平生清绝处，无梦到江州。

注：愉景湾，香江离岛之一，舟渡相连。
远尘嚣近自然，鱼雁相得。

香江紀行

《游大屿山宝莲寺》

/

唱彻天南红豆词，翩翻越鸟友新枝。
灵山叠处浮云黯，翠陌幽时乱石敧。
空有辩机尘境廓，止观得意海波迟。
好凭迤逦三千路，法雨优昙寄所思。

注：宝莲寺，大屿山高处名刹也。历十二载甘苦成就天坛大佛，海天之间，恢弘庄严，时人谓之“南天佛国”。

香江紀行

《微雨小游志莲净苑》

/

一树花林一瀑云，松根烟石久邻群。
偶逢杨柳三千水，输与禅心自耔耘。

香江行紀

《斯特灵大战忆威廉·华莱士》

/

恩仇自古总疑猜，仗剑英雄起草莱。

十里笛吹烽火黯，血花开尽蓟花开。

注：威廉·华莱士者，苏格兰英雄也。

其生世殊不可考，弱冠起兵榛莽，纵横高地者，凡十余年。

其人力沉雄而气慷慨，垂七百年，声名尤著。

蓟花：苏格兰国花也。

蘇格蘭四題

《过司各特纪念碑》

/

支离病骨怯登楼，巨笔如椽作史畴。
千帙诗中无别事，柔肠侠骨尽风流。

注：司各特，苏格兰文学巨擘。少年时罹患小儿麻痹症，行动受限。然壮气雄心不改，下笔千言，善史诗及历史小说。

《访大象咖啡馆》

/

海客惊奇幻，堂皇铸巨篇。
荡摇孤子怨，纷扰世情煎。
学道时将尽，降魔志未迁。
雄文堪击节，谈笑乐余闲。

注：此哈利·波特作者罗琳写作之所。
当时茕茕弱质，笔下风云丛生，名动海内，
遂令此地二十年间，往来者不绝。

《重访爱丁堡，时值艺术节，观人兼自观，感而成章》

/

欲向如潮藏一身，百千里外雨轻匀。
琼台曲曲通幽径，楼阁萧萧尽暗尘。
几处歌吹连瀚海，十年粉墨误天真。
匆匆谁是畸零客，遥看飞红近看人。

注：爱丁堡，苏格兰首府者也。数处古堡立高地之上，垂七百年。八月，为爱丁堡艺术节开幕，冠盖云集，为城中极盛之时。

闲情别调 /

零露蔓草

《如梦令·偶感》

/

几度东君吹老，十里莺声萱草。
何处寄相思，银字和弦笙调。
要眇，要眇，帘卷西陵残照。

《江南春·归园田居》

/

风飒飒，草离离，芳汀春水暖，斜月子规啼。
村醪欲共江南趣，得意青山白鹭飞。

《忆江南》

/

江上柳，
脉脉却含羞。
竹外小桃初映日，
水清云落见沙鸥。
欸乃唱渔舟。

《点绛唇·早樱》

/

冰粉轻绡，春心不共枝头闹。
东君弄巧，着淡妆娇袅。
天与繁华，尽蝶癫蜂绕。
应须笑，村歌哑拗，扶醉临清晓。

情調
閒謦

《浣溪沙·暮春逢雨》/

水调倩谁唱晚春，等闲光景是天真，絮飞扑面总撩人。

一树翠阴燕语老，三分杜酒紫泥新，瘗花赋就雨纷纭。

《浣溪沙 · 日归》

/

久客人间误钓船，蓬门蒿径小重山，梨花一树醉流烟。
粉墨春秋行看尽，披襟踏月趁余闲，山家归去即游仙。

《虞美人·入梅听雨》

/

潇潇一夜黄梅雨，眠觉听鹂语。
东风偏妒绿杨斜，依旧盈盈照眼，透窗纱。
中年意绪多聊赖，惆怅平生态。
未须长笛怨天涯，煮字恰宜旧史，送村茶。

《定风波·感旧》

/

云树闲窗画角幽，月明忽忆少年游。
梅子黄时莺语乱，散漫，十年心事锁眉头。
风软帘轻栀子落，索寞，素馨偏染茜衫柔。
辜负青莺相思意，却记，有烟波处怕登楼。

情調閑嘗

《临江仙 · 别有思》

/

万斛东风催春晚，几曾辜负明霞。
曲江笙管旧繁华。
凭阑何所忆，山寺碧桃花。
回首三千烟雨路，去来燕子谁家。
玉堂未许羡宣麻。
青灯归院落，诗酒足生涯。

《临江仙·昆曲桃花扇》

/

歌衫舞袖称轻俏，河山一梦迢迢。
秦淮恩怨付笙箫，世情逐恨水，暮雨送南朝。
毕竟男儿成底事？炎言书剑招摇。
如灰锦字共花凋，燕梁蛛网黯，和泪种夭桃。

《一剪梅·寄远》/

已是西风芦荻秋，月笼荒洲，云锁重楼，
弄箫谁信是闲愁？
醉醒扶头，欲诉还休。
岁往年来孰与俦？
待写相思，怕送行舟。
天涯报到倍淹留，已瘦朱颜，更倦吟眸。

情調閑吟

《江城子· 故人》

/

中天明月冷清霜， 费思量， 薄秋光。
辗转凭栏，谁与尽离觞？待盼归樯偏不是，须辜负， 理残妆。
曾听夜雨扣轩窗， 小幽凉，又何妨？
难得浮生，执手叙衷肠。传语畸零书剑客， 曾记否，劝添裳？

《念奴娇·台风海马过境，风雨如磐，感而成赋》

/

轻寒恻恻，算几番霖雨，又摧花晚。
篱落呼灯偏照影，烟冷酒残茶浅。
断简零篇，旧弦古调，萧瑟终无怨。
河山今夕，忍听风起云散。

当日曾记华年，喧桃妍李，趁裘衣轻缓。
谈笑诗成犹倚马，恣意何妨千翰。
万树秋声，朱颜零乱，霜鬓妆梳懒。
迷离青眼，飞觞邀月歌遍。

《水调歌头· 中年》

/

江枫侵斜月，欸乃罢西征。
关山遥看，解鞍何处驻归程。
惆怅十年磨剑，夜半龙蛇飞动，起坐不能平。
楚歌连金爵，醉啸楚狂声。

韶华晚，风鬓老，孰与朋？
平生意气，万字芹献付青冥。
辜负海天风雨，换取画帆兰楫，澹荡五湖轻。
回首来时路，横纵水云生。

《水调歌头·雨霁》

/

风静雨初歇，竹露滴清香。
旧家篱舍，一树梨蕊夕烟长。
借问王孙归去，溪岸舟横云散，碧落沁微凉。
可怜陇头月，偏照燕栖梁。

莺声碎，樱雪落，鬓含霜。
浮生忍向，名锁利役系年光。
剩有汉书百帙，堪佐青梅村酿，醉眼看兴亡。
徒笑人间世，碌碌计膏粱。

《水龙吟·寄远》

/

雨收星淡风凉，正茶薰玉炉烟邈，玲珑帘卷，
青灯煮字，寻常巷陌。
彤管松烟，几番濡染，幽怀离索。
记江天空廓，云涛霜雪，只影向，千峰错。

双鲤谁家落拓，怅迢迢，清宵如昨。
相思怕寄，江南塞北，萍踪漂泊。
踏月长歌，念云中雁，也怜萧寞。
许情多，小字千行切切，锦书鸳诺。

《戏赠陶令》

宅寄林泉别样幽，浮生懒与话沉浮。
缘何辞费东篱后，每到重阳不自由。

《咏水仙》／

盈盈照水迥无尘，一笑江南天地春。
碧玉惭非倾国色，素馨唯伴素心人。

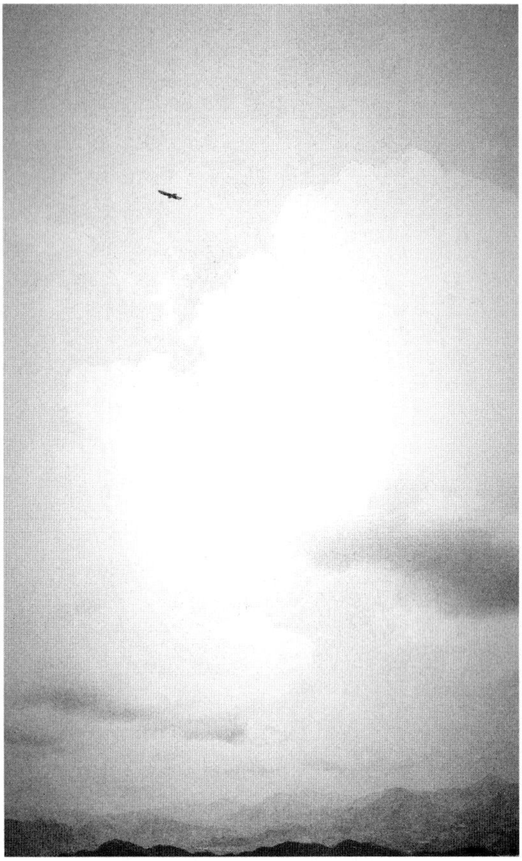

《梅雨》

/

迢递空濛接翠微，行人相顾湿轻绯。
殷勤惟谢江南雨，梅子黄时乳燕飞。

《结缡十三载，因赋》／

计数光阴年复年，秋清俪影倍堪怜。

浮生懒话蓬莱事，至此鸳鸯不羡仙。

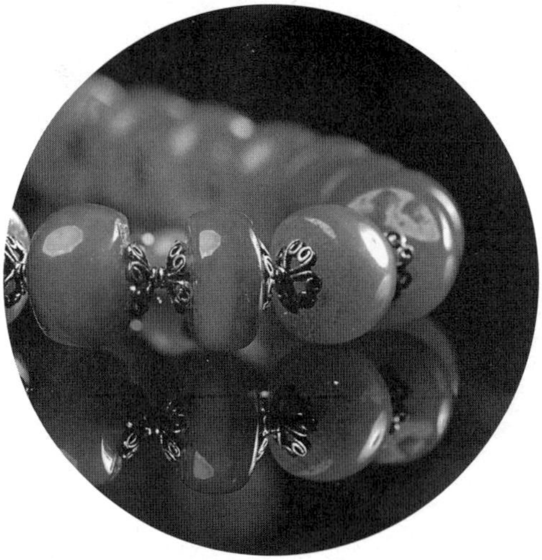

《念珠》

/

婉转琳琅自在听，香生静日对空冥。
生涯垂老无多事，只写青灯贝叶经。

《碧玉细镯》

/

碧玉双条脱，轻扬不胜愁。
玲珑差可拟，陌上柳梢头。

《珍珠》

/

寸寸年光水色中，星残月冷碧涵空。
鲛人清泪三千行，灯火寒鸦十二宫。

《花丝香囊》

/

不染胭脂不拢簪，轻寒恻恻素衣单。
检收千点梨花泪，锁向金笼课早禅。

《无题》

/

飒飒轻寒别有思，楼前心事落花知。
紫箫谁会当时曲，惆怅东风不解诗。

《岁暮杂感》两首

/

其一

梅花疏影隔重檐，袖手中庭对玉蟾。
冷淡生涯萧瑟事，一瓯新酒寿陶潜。

注：光阴倏忽，时将岁暮。
回首年来事，洞庭千顷波。
昊天无极，日寒月暖煎人寿。
慨然，惘然。

其二

楼台月琐隐疏钟，落雪如梅任从容。
醉里江南缁衣老，不悲无喜学田农。

閑情
聱調

《静日》／

水阔烟寒入画图，昏鸦数点对荣枯。

年荒岁老无余事，觅得闲情诵两都。

假閑冬紀

《昼寝》

/

无端昼寝梦初成，杳渺胡笳第一声。
著意西窗书不得，冷香枝上寄幽情。

《玩石》

/

一片嶙峋孰与俦，红尘漶漫总忘忧。
补天不解平生志，能曝莲华即上流。

注：清玩一片石，似逢故人来。

《孟夏》

/

暑气侵残暮，彤云映薄光。
茅檐芳菲细，竹户绿幽凉。
客至唯茶苦，燕归空画梁。
琴书消永夏，耕织不需忙。

《消夏》

芸窗绿绮竹栊幽，虚室逍遥怅远游。
旧稿千家傍锦瑟，舆图万户佐金瓯。
从来修史吾家事，生小歌诗即自由。
倦眼懒横青白色，坐看明月下西楼。

《山隐杂感》

/

数声蝉语动乡心，丹实累累照碧林。
十里稻花侵远浦，百家烟火隔遥岑。
少年襟抱犹怜取，垂老胸怀对镜吟。
长夏山居幽绝处，且傍泉涧惜清音。

《辞岁》

扰扰光阴忙里过，荣枯悲喜亦模糊。
重轻五鼎谁形相，佶屈三坟我自摹。
天阙著新征祷祝，江湖岁老对寒图。
云辞秦岭花辞树，更尽寒来一盏无？

书生意气 /

零露蔓草

《阮郎归》

/

芸窗试笔语偏佳，新声未许夸。
芝兰玉树羡清嘉，玄谈趁岁华。
酒半醒，月微斜。东风上苑花。
星河斗柄转流沙，相看醉落霞。

注：孜孜四月，砥砺心智，同窗友朋，
如切如磋，亦乐境也。
良宵尽欢，
席前歌长短句一阕，记之。

书生意气

《南歌子·初夏与诸生读书会》

/

草薰生暖日，天青烟水凝。
苔阴斑驳旧门庭。
偏许榴花开处，赏新晴。
旧帙摹虫鸟，残彝辨勒铭。
芝兰阶上总亭亭。
谈笑风云意气，快生平。

書生意气

《鹧鸪天·赠别》

/

藤纸幽窗醉落霞，玉卮烟冷试分茶。
情多语浅总难为，意切缘深老更佳。
千山外，月微斜。故园应忆早梅花。
深红浅白人初立，相思殷勤送戍笳。

書生意气

《定风波·重读林海音先生文集》/

寂寂空庭翦翦风，苔痕恣意入帘栊，旧事城南重头数。
朝暮，当时辜负蜡灯红。
有限相思无限意，谁记，归来燕子逐飘蓬。
满纸断肠情犹炽，迤逦，月明萧寺独听钟。

《定风波·赠人去国》

暮雨潇湘恨几重，湖山偏许写空濛。
屐齿印苔青莎软，曾看，南薰微染锦芙蓉。
无计逃禅相思劫，犹怯，青衫酒渍拟萍蓬。
剑气淋漓谁与共，休梦，吹箫人在斗牛东。

《教师节感怀二首》

其一

/

归雁初征欲曙天，虫声新透绛纱前。
无烦霜鬓殷勤问，桃李东风十六年。

其二

/

书山阡陌淡覃烟，辞海波清一钓船。
根骨从来庸碌惯，只修中道不修仙。

書生意气

《观花》

/

层霭群峦黯茂林，曲江水暖隔清音。
山樱催得梅花老，却逊垂杨一片心。

訪道踏青

《濯泉》

/

水叠山明别样幽，茅檐篱落小桥头，
温柔掬得三千丈，拭洗人间儿女愁。

踏青訪道

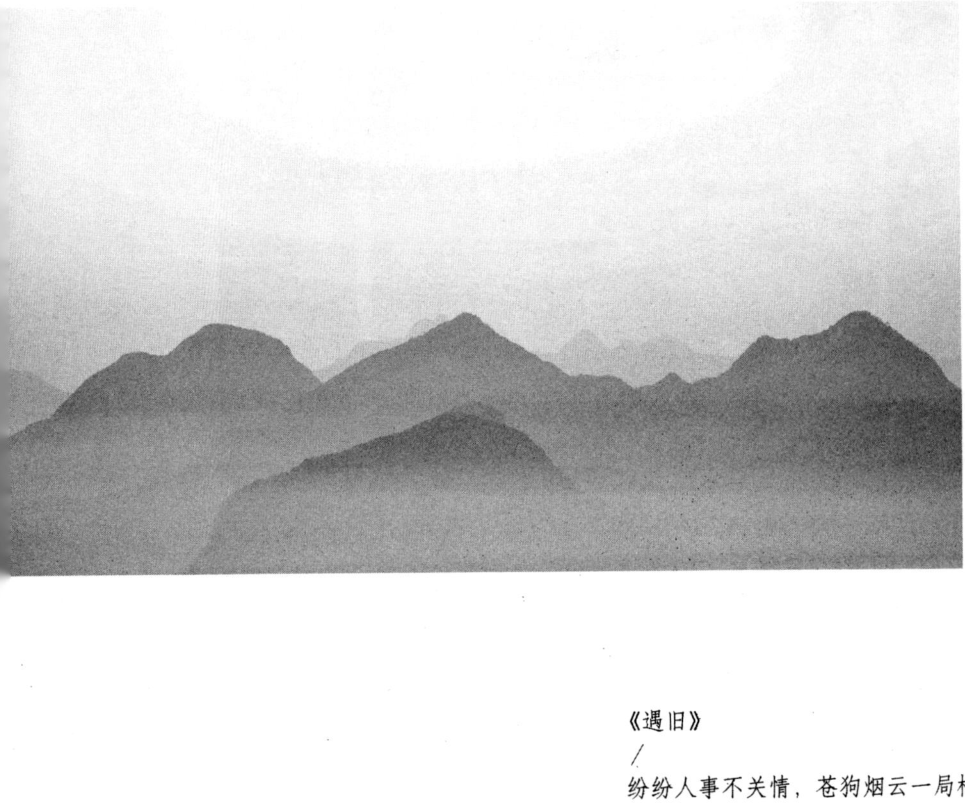

《遇旧》

/

纷纷人事不关情，苍狗烟云一局枰。
老去诗翁精力健，青山留得踏歌行。

《南通大学“楚辞与东亚文化学术研讨会”有感》

/

骚人骑鹤两千年，静海新翻天问篇。

香草美人歌不尽，啸吟倾动汨罗川。

《送曹师东渡取书》

/

东瀛最羡踏歌行，樱雪春晴照眼明。
料得千幢归渡日，云间风气一时清。

書生意气

《冬游行纪兼赠新知》

/

朔风行万里，霰雪误初晴。
谁识江南路，翻为漠北城。
折梅传旧雨，把酒对新争。
终夜东山上，奇谭意纵横。

书生意气

《春宴赠人》

/

阳春调律吕，万象喜更生。
近水萌春草，遥山放晚晴。
涤觞亲旧侣，煨酒寿耆英。
小栅香幽处，浮烟袅画筝。

《贺陈师唐诗学书系发布会暨学术研讨会成功》

/

卅年辛苦不寻常，一代风流铸华章。
论道毫锥穷物理，断文朱笔立纲常。
春风桃李殷勤意，绛帐笙歌逸韵长。
列曜群星棋布日，紫微恰在正中央。

書生意气

《丙申初六过松隐寺谒外祖母莲位》

/

萧寺疏云一望中，重过涕泗几人同。
髫年摹绣曾窗课，初长教诗学仿红。
寥落漫吟思旧赋，畸零独看落花风。
愿祈杨柳三千水，洒向菩提辨有空。

注：余自幼长于外祖母膝下，慈恩常沐。
时逢忌辰，再方松隐禅寺，谒莲位，
怀淑德，思往事，感而成赋。

書生意气

《春雨过母校二题》

其一

/

浩茫心事付云烟，微雨轻红影碧川。
啼尽子规人渐老，暗生菰米柳吹绵。
青春歌哭犹萦耳，迟暮唏嘘亦可怜。
谁问一声何满子，杏花长笛记流年。

其二

/

绮靡芳华陌上春，游丝不系软红尘。
海棠有意堪同驻，桃李无言见本真。
联璧琴箫风过耳，遣驱诗酒水为邻。
危楼岂敢窥新月，惆怅清晖似故人。

《代答归人》

/

青衫十载误归程，未近乡关已怯情。
望帝声清春水皱，绿杨烟软晓寒轻。
茅檐半旧柴扉黯，断井犹枯旅谷生。
故老闲评桑梓事，却惭书剑两无成。

《丁酉别诸生》

/

纷纭离绪话不成，飞去鸢鸥是旧盟。
明月当年诗酒处，小楼从此忆平生。
殷勤祷祝唯珍重，总信归程是去程。
看尽千峰人未老，相期一笑大江横。

注：时为导师十年矣。

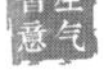

新声试啼 /

零露蔓草

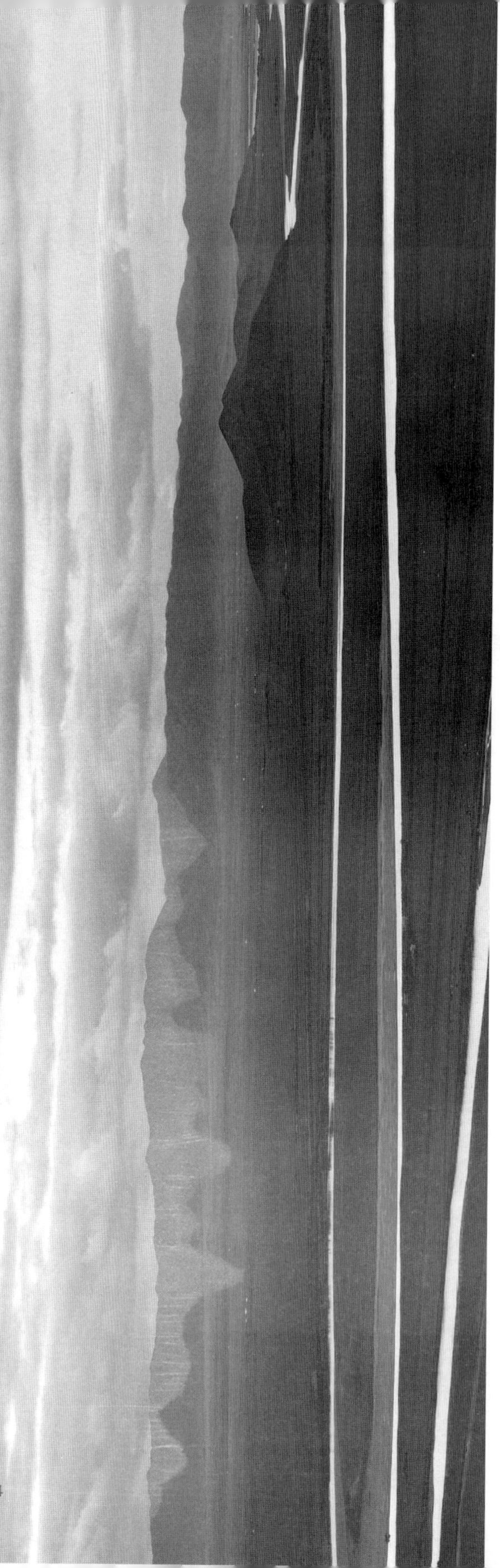

《为你写的诗》

/

我要为你写一首诗
以你来到这世界以前的名字
这一夜
月光如水银流泻
蜂子在藤萝颤动的触须上跳舞
听，风里笛声呜呜
那是雪狼在荒原里哭
追逐，乌云和星
夏夜里最后一枝鸢尾半垂下羞涩的眸
我要为你写一首诗
以你忘记这世界以后的名字
那一天
晨曦化为指尖沙
蜻蜓踏碎竹芯
雪一样，柳絮和落樱
我为你写一首诗
你来不来听
拢一堆篝火好吗
照亮苍老的丛林
不用担心
神巫和精灵都已远去
在这没有传奇的国度里
只有你的翅膀最轻盈
我为你写一首诗
你来不来听
叩一下古钟好吗
打扰沉睡的人群
不用犹豫
王子和牧羊人都放逐了
在这没有童话的绝域中
只有你的耳朵最灵敏
我为你写一首诗
你
听，或者不听

河山行色

《那些夏天》

很想念，那些夏天，
树叶和蝉，
有一点烦，有一点乱。
西瓜泡在井里，
爸爸妈妈打开满屋子的香甜。
四分钱的棒冰，
两个小伙伴，
一人一口，舔。
长长的弄堂，小小的饭桌，
单田芳、刘兰芳的《隋唐》、《杨家将》，
隔壁好婆《三笑》里的秋香，
走了一个晚上楼梯还没有走完。
很毒很毒的太阳，
很小很小的六神丸，
蒲扇底下，
孩子长睫毛遮住了水晶鞋和玫瑰花。
很想念，那些夏天，
绿豆汤里的百合被悄悄扔到一边，
泡饭的好搭档，
大头菜还有流着油的咸鸭蛋。
哥哥守着穿堂风做几何，
我的暑假作业却扔到了一边。
梁羽生、金庸还有水浒、三国、红楼梦，
看得懂看不懂反正都想看。
很轻很轻的歌声，
很蓝很蓝的天，
很大很大的梧桐树，
很远很远的河湾。
外婆的陈年往事断断续续，总也说不完。

新声試啼

《高地》

夕阳锈在海鸥翅膀上，
雨打湿草垛子的阴影，
风笛的哭声，有一点——凉。
是丢了心吗？
还是丢了如女儿般养大的羊。
我不想问。
不问。
只想与你一样，
幽灵般游荡，
传奇，模糊了收梢与开场。

新声試啼

《印象苏格兰（三题）》

《史特灵堡》

年代秀。
以石头的方式，
堆出悲欢离合。
侧耳，
我没有等待一个故事，
因为故事，总会在时光里死去。
那风一样冷冽的——叹息，
蜿蜒攀过山墙，
在嘹亮的鸽影里——相遇。
冷兵器铸造的英雄，
凋谢，总比盛开迅速，
来不及带走一片秋叶。

新声試啼

零露蔓草

《印象苏格兰（三题）》

《斯各特纪念塔》

邂逅，
总在转角的街头。
从来不是因为守候。
匆匆，
方向与定义变得同样模糊。
纪念，是一枚座标，
提示坠落的线路。
你与我同在的尘埃里开出一朵花，
无需名字，更无需颜色。

新声試啼

新声試啼

《无题》

想见，
却没有相见的理由，
白云苍狗，红颜水流。
曼殊莎华开过，
碎了一地时光。
琉璃的残片里记得谁的模样？
明月二十四桥，
旧了杏花春雨，
皱了风凉。
佛说，莲花开过千遍，无相。
我说，莲子剥开千钟，不言。

《一些温柔的话》

今夜，像孩子那样睡去，
听不见风，听不见雨，
有一个世界
河里流淌着蜜
棉花糖开出一朵玫瑰
巧克力宫殿里
小矮人的舞蹈笨拙滑稽
彼得潘来过，
留下一对翅膀，轻如蝉翼。
采下亮晶晶的水果糖，
闪烁在你长长的裙角
为了青蛙王子的相遇。
夜里，你有这世界
我，有你。

新声試啼

《迟》

记一个梦吧，就算
黄昏
荒寺
袅袅的不是炊烟
是燕翅扇动的
尘

水是活的
一只蜻蜓
探望
半开的红莲

钟
选择沉默
为了那乱发飘扬的
老柳树

江南的梅雨里
没有过客
只有归人

新声試啼

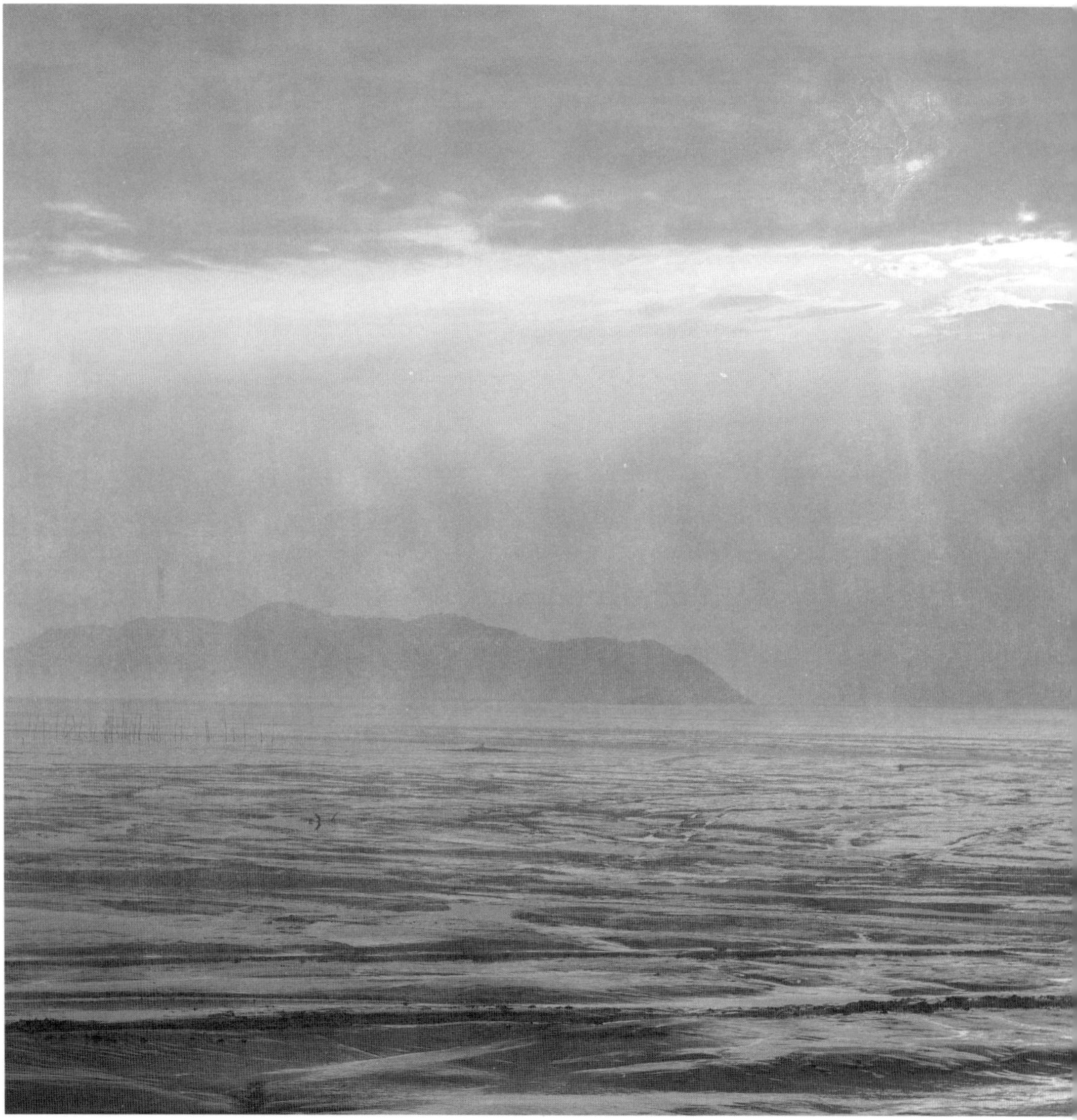

《碎》

我听到
风还在吹
露水
睡了
在月亮的怀里
花学会了思想
影子独自在蜿蜒的藤萝上
荡秋千
茶凉了
氤氲的新绿
憔悴了
微黄的你的书
翻开
是别人的故事
渐行渐远
凉夜的凉如女巫的手指
滑过
我的颈项
碎了

《琥珀》

是一滴泪落进泥里，
风呼吸
雨淅沥，
山川苍白了颜色，
林间鸟，忘记私语。
在这里，
我封印了爱与希冀，
沉默是唯一。
在这里，
没有人知道，
地心深处的火熔铸游丝般的生魂，
一点灼痛的温暖陪我，
等。
你，游走于黑夜与白昼边缘的精灵，
深冬苍白的阳光里懒洋洋地起舞，
偶尔，
一低头，
我，
在这里。

新声試啼

《秋声》

雨，一滴一滴洇在地上
渲染了梧桐的中年
风，一缕一缕拂过山冈
细碎了鹧鸪的吟唱
窗子老了，
斑驳日光的吻痕
推开，便是一段故事，
没有开头，也没有结尾。
茶冷了，
在消散的氤氲里我想象着你，
以及月光。

新声
試啼

《淡》

淡，作为一种态度
四月雨后，空山清灵
老茶树吐出第一片嫩叶
茜纱窗下，赴一场等了三百天的密约
无关爱情；

淡，化为一种格调
五月艳阳，黄土厚重
新棉藏起含羞的铃子
纺车掸去尘，守一场蕴藉了千年的缠绵
有关温暖。

淡，成为一种生活
六月梅子，雨巷江南
衔着橄榄叶的鸽子落在窗前
素手执了经卷，远了十里红尘百丈烽烟
静默如诗；

淡，挥发成一种理想
十月江村，近水远山
四叶草瓣一样的女孩
明媚如风，投一段剪影潋滟了柔波
定格成画。
沙砾开出花来，
世界，
将至未至，
说远不远。

《雨》

雨，砸在地上
泥的血色，灰黑泛白
不开花的荒原
土拨鼠喊不出一个春天
从来没有人路过
远古巨兽骨骼般的榛莽
静寂是玄色的幕布
昼与夜的边际
一光年以外的星
独自，跳舞。

新声試啼

《等雪的心情》

像等着一个该来未来的情人
微暖微香的屋子已经备好
洞庭波翻，木叶纷纷
夕阳余晖里听不见白马上的铜铃
等雪的心情
像等着一段将至未至的假期
斑驳粗布的行囊已经收齐
雨丝风片，樯橹咿呀
清浅天光里寻不见约定的帆影
等雪的心情
像等着一个已然未然的梦境
深沉萧瑟的夜已经睡稳
月华流瓦，丁香细碎
褪色帐檐里觅不见应许的繁花如锦。
在等雪的心情里
等…

零露蔓草

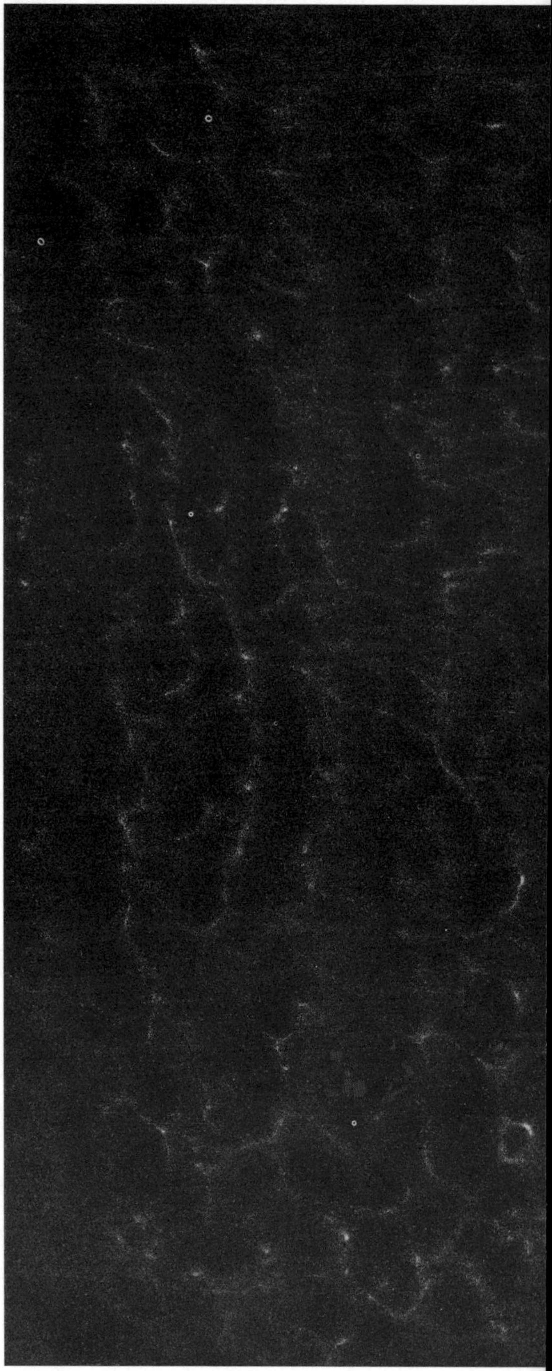

《守夜》

在梦最深的海沟，
打捞记忆的碎片。
穿成璎珞，
装饰夜黑天鹅般优美的颈项。
冷，
绣春刀尖最锐的芒，
悄无声息地剥落，
涟漪般狐媚的假笑，
没有披挂的灵魂透明出琉璃。
遥远光年以外的歌声，
不是用来听见，
只是坐标
北纬三十度
一粒沙的孤独。

新声
試啼

零露蔓草

《想》

微光
想象你的山墙
常春藤爬成一面海子
波谷幽黯，
沉沦了上弦月的冷芒。
微凉
想象你的新娘
青螺黛盈盈出一抹远山
画峰静敛，
撩乱着晚晴天的悠长。
微茫
想象你的原乡
子规声婉约成一盏离觞
蹄痕轻浅，
却怎样也走不进被应许的天堂。

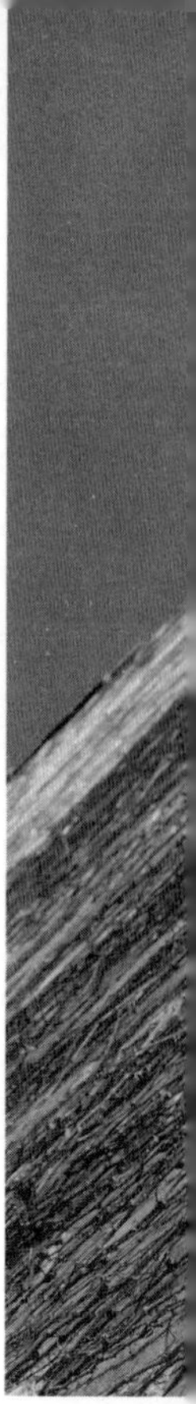

《春末》

春的末梢
是老牌喜剧落幕后人气还未散尽的戏院
是杯盘狼藉盛宴里将醉未醉的渴睡的眼
是韶华凋零的女子开了线的绣旗袍
是黄了边卷了角的唐宋词经久幽微的香风
越来越薄的阳光，越来越厚的日子
凤凰木醒来的第一个清晨
微笑结成小簇的火苗
有的人，来了又离开
飞扬的不止柳絮
还有行囊上染透了海的味道山的味道的尘灰
这个季节，不适合道别
只可以——再见

新声試啼

《想写一首诗》

想写一首诗，
关于爱情。
风从雅典娜神庙吹来
倾颓的廊柱逼视血色残阳，
知更鸟忘记了哭泣。
没牙的女巫吟诵，
模糊而原始的言语，
音节，开出一朵火焰，
燃着了神殿的狂欢。
没有一个暗夜知道
半人马睡熟以后，
高加索的冰凌开始柔软，
编不成花环的风信子做了他的使者，
温暖的谣言有毒蛇一样幽绿的眼。
你选择一个无人睡去的清晨醒来，
方、圆、点、线，完形了世界，
不过，一切与你无关。
只有一朵花曾经看见。
于是低拢了眉眼。

新声試啼

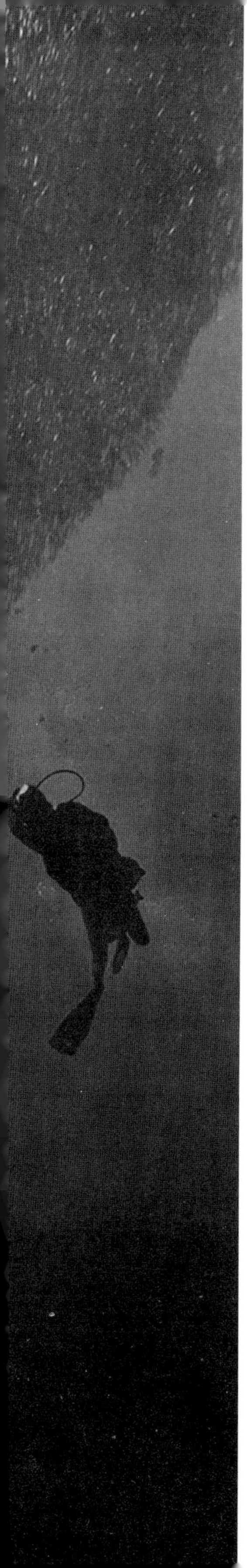

《沙丁鱼》

生冷的马口铁,
填满海腥气,
雨如刀,
拢不起一撮新火。
咸涩是本有的味道,
犹如十七岁夏天
一滴叫做初恋的眼泪。
虚空如世相的胃袋,
铺满铅色的云,
拥挤,
仿佛久久不退潮的夜。
声线模糊,
是错觉,
还是山鬼的喘息灼热?
越来越远的雪线,
让我忽然猜到,
你洪荒以前的名字。

零露蔓草

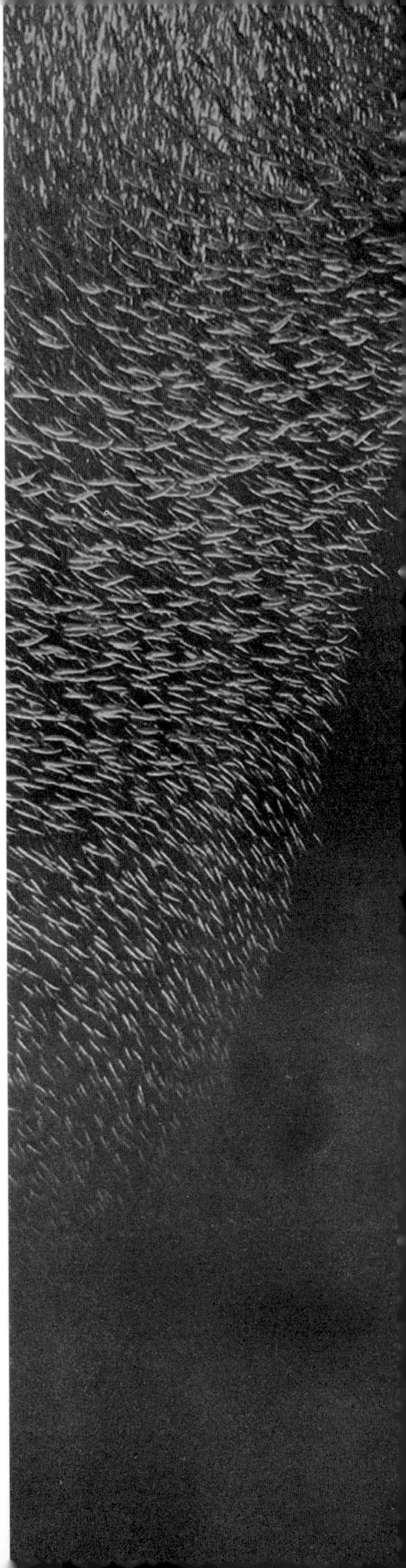

《走过》

端一盆井水走过瓜地
藤，情人一样
缠住了我半旧草鞋里黧黑的脚背。
六月午后，一只蜻蜓缓慢死去
半透明的翅膀里日色血腥
龟背般的田土
三千年火与刀淬出的甲骨
诸神的旨意含混而凛冽。
突然有些惊慌
在席卷了所有声响的静里
黏腻的漩涡在胸口搅动
水，像一场不期而至的雨
掠过我用力太久失色的指尖
地上，仍然没有留下一个可疑的白点。
瓜的小宇宙
会弥漫出一首诗吧？
虽然没有开头和结尾。

新声試啼

《有所思》

我已经忘记了回家的路，
泥泞幽暗的沼泽，
月光锈在吸饱精灵心头血的天幕。
模糊的吼，
风？又或者是磷火将息的白骨？
捡起一株枝桠，朗读，
三百年，神鸦社鼓。
北极星的思念里，
桃金娘的婚纱破了，
剪一段绵密如叹息的湿热，补。
做一个没有故事的诗人
盲了眼，哑了喉
或许最遥远的《格萨尔》会枕着我如铅的膝盖，
以梦为炉。

新声試啼

霧露蔓[illegible]

《风景与糖》

风景有毒，
所有氤氲在水汽里的青绿，
所有缠绵于山墙上的蛛丝，
所有倾颓了一半的佛塔。
以及不知为谁温柔了几百年的酒旗。
我来寻你，
带着孟婆茶汤洗不去的牵记，
夕阳里，眉眼依稀。
遥远里的永远总在那里。
湘灵鼓瑟，
蛇与雀在诡绿的焰里舞蹈，
殷红的眉间血凝出一朵鸢尾，
摸出一颗糖，我等你。

声啼新試

《闲话》

星光，揉进眸子，
霓，薄如烟尘。
洪荒不远，
土花的腥气里，
蒲公英落下第一颗种子。
所有飞扬的文字都是它的孩子。
风过耳，
子夜歌里六朝的栀子落了，
浔阳江心的琵琶染了野枫。
梅黄雨歇，心香百转，
无人成眠的夜，
连迷惘都成为奢侈。
说好的酒呢？
又或者是一瓢盗泉，偷了梦。

新声試啼

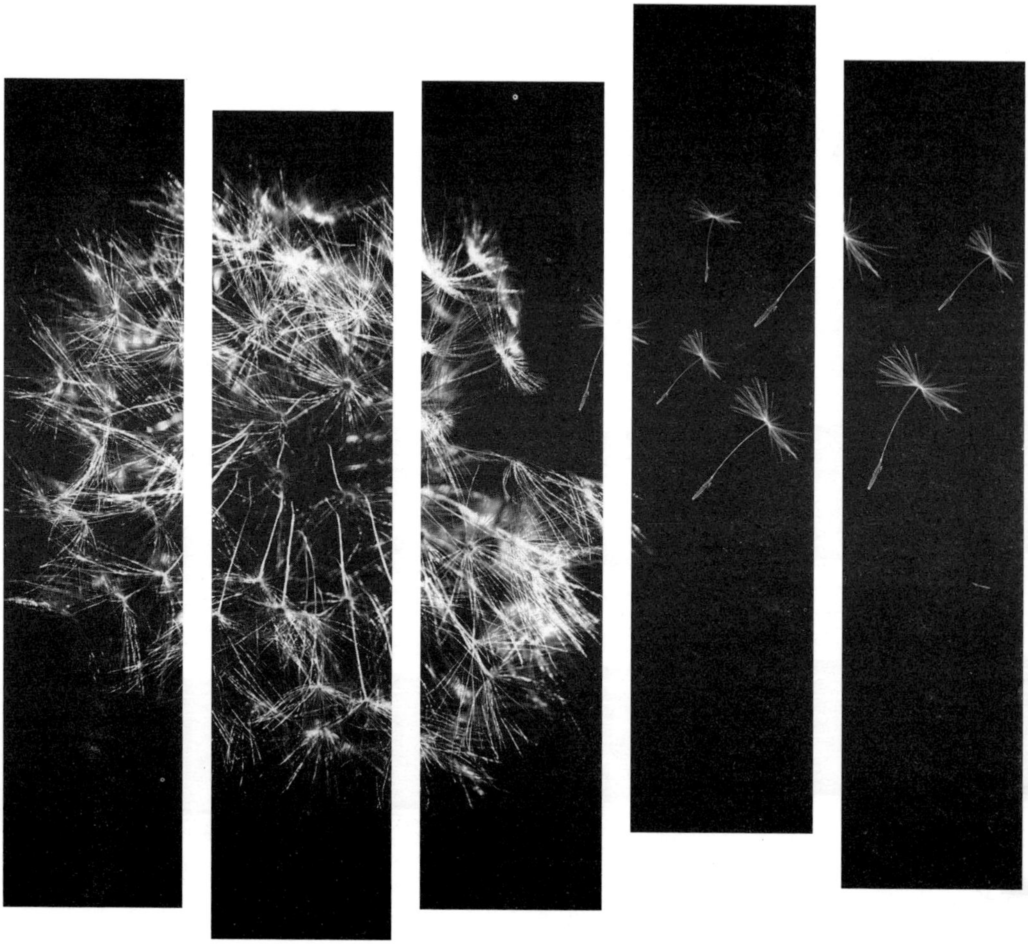

末法時代

禅房，关得久了，空气中便有了些滞重暧昧的气息。推开窗，初夏散去燥热的黄昏，一丝沁凉的风吹过，池塘中早开的白莲微微低下头，仿佛叹了半口气。

犹疑、迟缓的敲门声响起，三年来，每到这个时辰，标准得如同报时鸡。不用看，一定是那个懵懂的沙弥，托盘上半盂清澈到底的菜汤，一瓯微黄若余晖的麦饭。

哦！不，今天还会有一件殷红如血，金线辉煌到刺痛人眼的袈裟。这是一件旧袈裟，每一代僧都穿过，奇怪的是总也不显旧。

僧，转过身，空明的眼神似乎洞穿了这道门。洞穿了，眼前也不过是那件殷红的袈裟，红得连麦饭都染成了朱砂，菜汤浑浊成地狱里翻滚的血色泥浆。

敲门声其实不那么执着，沙弥早已习惯了僧的脾气。开门，或者不开门其实也没那么重要，次日麦饭和菜汤总会消失得干干净净。那件让他心驰神往到锥心疼痛的袈裟披在僧的身上，庄严如神祇。哦！是的，三年来，每一次，僧披上那件袈裟，沙弥的心就像被万千蜂子刺了个通透，疼得密集，甜得战栗。

僧在床边站成了一棵树。待到月上柳梢头，顺便也将半明半昧的辉光倾倒在他枯白不生片叶、布满鳞片般疤痕的枝桠上。不知从何时起，也许是第一次登坛以后吧，每隔一段时日，这个时辰他总会被钉在窗边，以树的方式，凝望着池塘西北角那个不大的土丘。他能看见，土丘里那摆布包裹的赤裸的已经腐朽不堪的尸体上越来越密集的如青苔的绿斑，一直沁到骨头里，没有眼珠的眼眶里爬出餍足的肥胖蛆虫，打了个饱嗝，须臾又睡去。他能听到虫蚁咬啮残余皮肉的声音，这声音如生铁划过岩石般尖利，刺破了他灵魂上柔软的膜。

树，哦！不，是僧其实不明白，“他　”为什么要坚持留下尸体，那个几乎做了二十年师傅的“他”，那个在他心中庄严如神祇的“他”，那个从他儿时第一次相遇就发誓要追随的“他”。僧人不是应该将遗蜕交付烈焰燔烧，至多或至少留下几颗颜色有些许模糊的舍利，供奉在寺中石塔里吗？为什么“他”坚持要让“他”的尸体做了虫蚁的窠穴，让蜡黄的尸水将原本坚硬洁白的麻布变得软熟稀烂，让森森白骨上锈满令人作呕的藓斑。

僧一样的树每到这个时辰总会想起这些令他无法解释的问题。“他”的面目，在他心中其实已经漶漫不清了，依稀记得的是那双眼睛，含着笑，也含着惊奇，更含着一丝说不清道不明的惋惜。

“你是一只迦陵鸟呢”

“寺里又多了一个能讲经的人了”

“俊美、庄严，妙吉祥菩萨一样的仪容，又一个能让天花乱坠，百兽共舞，百鸟和鸣的人”

这些赞许曾经如风一般在僧的耳边呢喃，令他快乐到打转，激动得时常掐破自己的手掌，令他忘却了有多少个月明如水的夜晚，一个小小的孩子躲在杳无人烟的山坳里，听风吹过松林，涛声阵阵，听荆棘中的夜莺泣血哀吟，听优昙花绽放瞬间枝叶颤动的清冷，他揉搓着他的声音……忘却了多少个晨曦未明的清晨，一个小小的孩子目不转睛地望着天鹅舒颈，仙鹤舞动翅影，优雅的孔雀轻轻打开斑斓羽屏，他默记着每一个角度，每一个分寸……

他知道，他不是天才，但终于成了最善于讲经的僧。

都城中人人都知道，寺里有个僧，披着殷红如血的袈裟，他讲的经有一种神秘的力量，如兰如麝，如梦如幻，柔软地抚摸着每个人或粗砺或细腻的心。

人们从百里、千里外的村中、山里赶来，讲坛下攒动着数不清或乌黑或花白或光秃的头颅，层层叠叠，却没有一丝声响，静谧地如同长睡不起的夜。僧，闭着眼睛，那声音来自他的胸膛么？堂皇的声音。不过，谁在乎呢？连同在讲什么，都不重要。

寺里每一代都会有个讲经僧，“他”讲了二十年，然后是他，成了那个僧，三年过去了。

每一代的王都会为僧披上那件血红袈裟，红得像窑火，更像心头血。

王说：讲经吧，为了我的民。

王说：讲经吧，为了天不再旱、地不在裂。山石不再崩落，江河不再断流。

王说：在这国中，只要有僧讲经，国就能安稳，民就能救赎。

僧，其实是喜欢讲经的。第一次披上袈裟，那种欢喜，或许只有被佛渡化了的阿修罗才能体会吧。

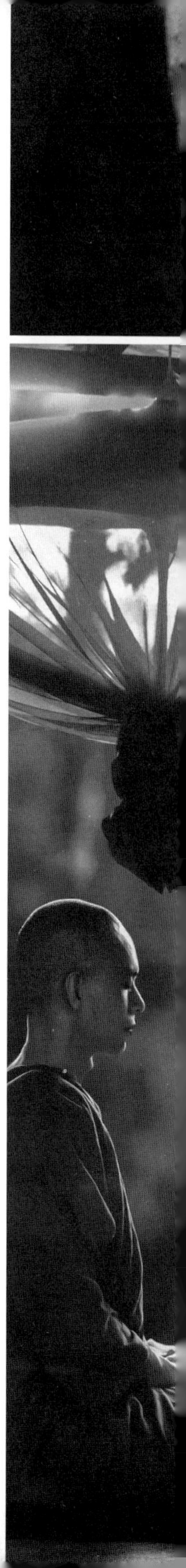

僧，有些害怕，经，是有魔力的。有时候，他觉得不是他在讲，而是胸膛里冲出了经的声音。这是不是有些象老早以前苗人的蛊毒呢?中了，便只剩下躯壳，被驱使的壳……

哦，不会的，不会的，那是经，怎么能质疑呢？万千人中唯有我能领会那曼妙幽邃的佛的旨意，众生，因为经而得到救赎。这是佛的恩，也是僧的德。

僧，轻轻地转动身体，月亮隐到乌云背后，咒便解了。他有些疲倦，也有些烦躁，没有人知道为什么，他会被钉成一棵树。这是个秘密，化解不来。

明天，又是一场法会，三年来最隆重的一场。王已经准备了高耸入云的讲坛，檀木为基，楠木为柱，菩提为荫，莲花铺地。这是僧最荣耀的一天。虽然，对于僧，荣耀该是身外物。然而，拒绝得了这荣耀的便不是僧，而是佛了。

僧，搔着微微发青的头皮，波澜不兴地笑了。挥挥手，撩去眼前灰蒙蒙的雾一般的影，这影，让他有些不快。

推开门，麦饭和菜汤都已凉了，凝固在袈裟的红影里。僧，淡淡一笑，拈起竹箸，那飘动衣袂带出的优雅，怕是佛前的阿难也难以譬拟吧。

讲坛在那里，瑞彩千条，馨香十里。袈裟在身上，映衬着僧俊美无比的容仪。王在那里，惊讶，赞叹；众生在那里，轻轻地呼吸，生怕惊扰了这菩萨般的男子，吹皱了他眉心里的慈悲。

“喏”，僧的声音仿佛天上来，奔雷般响起。没有人注意到他眼中闪过瞬间的恐惧。是的，恐惧。因为僧发觉，这声音真的来自天上。滔滔不绝，成串成排，如浪如潮的经句涌出，如痴如癫如狂的众生匍匐。僧不知道自己在说些什么，从来，他不曾有过这样的时刻，听不到自己的声音，看不见眼前的影像。他被遮蔽了，遮蔽在幽暗，幽暗如地狱的撕不破的烟幕里。僧已经无法呼吸，他的口鼻全都被烟幕阻塞了。

僧听到“砰”的一声脆响，这是他唯一能听到的声音，心脏碎裂的声音。僧的口中吐出了莲花，洁白如佛国的莲花，众生惊叹，山一般的赞叹。王的眼中迅捷闪过鹰隼般的光

僧倒下了，一如三年前的“他”，抬回寺中，他拼尽最后的气力，用暗哑到几乎无法辨别的声音说出四个字：“白布裹葬”。僧终于知道，他会和“他”一样——虫蚁是他们最后的宿命。

推开窗，又一扇，夏之黄昏收敛了热气，池塘中早开的白莲温柔地低下头，仿佛叹了半口气。禅房外，又一声，敲门声犹疑而短促。

傅蓉蓉

远秀庐

2017年6月30日

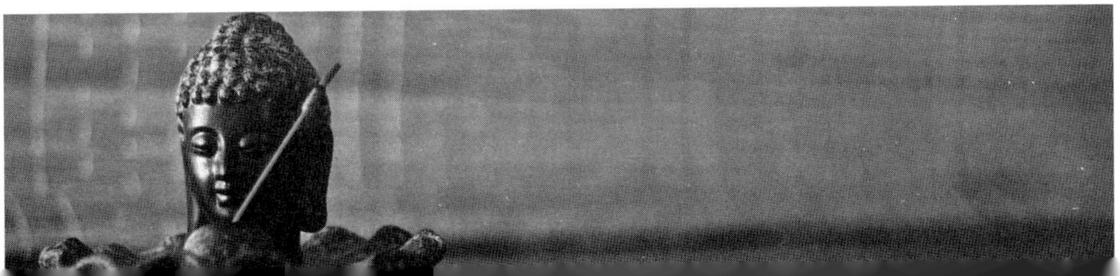